Strasbourg
1876

Uhland

Lieds et Ballades

LIEDS ET BALLADES

IMITÉS D'UHLAND

PAR

M. ALFRED NANCEY

MEMBRE RÉSIDANT DE LA SOCIÉTÉ ACADÉMIQUE DE L'AUBE

TROYES

IMPRIMERIE ET LITHOGRAPHIE DUFOUR-BOUQUOT

Rue Notre-Dame, 43 et 41

1876

LIEDS ET BALLADES

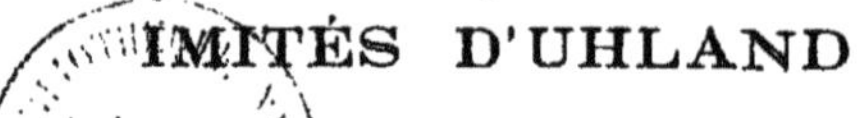

IMITÉS D'UHLAND

PAR

M. ALFRED NANCEY

MEMBRE RÉSIDANT DE LA SOCIÉTÉ ACADÉMIQUE DE L'AUBE

TROYES

IMPRIMERIE ET LITHOGRAPHIE DUFOUR-BOUQUOT

Rue Notre-Dame, 43 et 41

1876

LIEDS ET BALLADES

IMITÉES D'UHLAND

—o—

Chanson d'un Pauvre

Je ne suis qu'un pauvre être; au milieu des humains
Je marche solitaire;
Je n'ai personne, hélas ! pour me tendre les mains,
Pas un ami sur terre;

Autrefois, cependant, lorsque dans la maison
De mon vénéré père,
Du matin jusqu'au soir résonnait ma chanson,
J'étais un gai compère;

Mais, du moment où j'ai conduit mes bons parents
Au morne cimetière,
En mon âme ont germé les soucis dévorants,
Et la tristesse amère;

Je vois de l'opulent les jardins se couvrir
De mille fleurs vermeilles,
Tous les ans, je revois les blonds épis jaunir,
Je vois fléchir les treilles;

Sur mon sentier à moi, la douleur a passé
Et jamais rien n'y pousse;
Pas un brin d'herbe n'a dans les cailloux percé,
Pas même un peu de mousse;

Je traverse à grands pas le monde insouciant,
Sans jeter un murmure;
Et, le sourire au front, je cache, en l'étanchant,
Le sang de ma blessure;

Pourtant tu ne m'as pas laissé, Dieu tout puissant,
Au seul chagrin en proie;
Car, ici-bas, pour tous, coule du firmament
Une source de joie.

La porte de ton temple, à toute heure, en tous lieux,
S'entr'ouvre consolante;
Ta demeure est aussi celle du malheureux,
C'est pour lui qu'on y chante;

Puis le soleil, la lune et l'étoile à son tour,
Confidents de ma peine,
Semblent me prodiguer, avec si grand amour,
Leur lumière sereine.

Et quand la cloche, enfin, au loin tinte le soir,
Alors, de ma souffrance,
Je te parle, Seigneur! Tu me fais entrevoir
Un rayon d'espérance!

Un jour tu recevras, dans ton séjour divin,
Tout cœur vraiment honnête,
Et je viendrai m'asseoir aux tables du festin
Dans des habits de fête.

Le Fil de la Vierge

Un jour que nous marchions à travers les chemins
Bordés de fraîches roses,
Mes yeux dans ses yeux bleus et mes mains dans ses mains,
Causant de douces choses;

Nous nous trouvâmes pris dans un léger réseau
Flottant sur la prairie,
De ces fils que l'on dit tirés de l'écheveau
De la Vierge Marie!

Comme un frêle lien, ces fils, en se croisant,
Allaient de moi vers elle;

Les rayons du soleil en faisaient, se jouant,
Jaillir mainte étincelle.

Et moi je les prenais, misérable insensé,
Pour un heureux présage,
Et du rêve d'amour que j'avais caressé,
J'y croyais voir l'image!

O songes fugitifs, espoir des jeunes cœurs,
Basés sur un nuage!
Prismes toujours changeants, mensongères vapeurs,
Que balaye l'orage!

Le Manteau ducal

« Ma fille, c'en est fait! Je retourne à la guerre!
» Mon devoir aux combats m'appelle; il faut partir!
» De nouveau m'arracher à tes baisers!... Naguère
» Bien souvent j'affrontai le danger sans pâlir!
» Aujourd'hui, cependant, une funeste image
» A versé dans mon âme une vague terreur!
» Sans cesse devant moi se dresse un noir présage!
» Cette fois, j'en rougis, mais je crois que j'ai peur!
» Aussi, fabrique-moi, vierge, de ta main pure,
» Pour conjurer la mort, quelque bon vêtement! »

— « Mon père, y pensez-vous? De bataille une armure
» De ma débile main, de la main d'une enfant!
» Contre les coups du glaive, hélas! que puis-je faire?
» Je ne saurai jamais battre le rude acier,
» Je ne puis rien qu'au Ciel adresser ma prière,
» Filer avec mes sœurs le lin à l'atelier! »

— « Oui, file, mon enfant! durant cette nuit sainte,
» Par la lune éclairée! Aux esprits de l'Enfer,
» Va, consacre ton lin et tisse-m'en sans crainte
» Une longue tunique où s'émousse le fer!... »

Et quand la lune au ciel brille dans la nuit sainte
File la jeune fille, « Aux esprits de l'Enfer! »

Dit-elle d'une voix triste comme une plainte.
Le fuseau flamboyant tourne en lançant l'éclair.

Puis après, du métier elle approche hésitante
Et dirige ses fils en leurs cours sinueux :
« Aux esprits infernaux ! » dit-elle, palpitante;
Le métier gronde et siffle et va par bonds fougueux.

L'armée, un peu plus tard, chevauche à la bataille.
Au premier rang l'on peut distinguer Monseigneur;
Il porte, ce jour-là, couvrant sa haute taille,
Un long manteau flottant, dont la mate blancheur
Par places disparaît sous l'assemblage étrange
D'hiéroglyphes nombreux, de signes effrayants,
Entr'eux s'enchevêtrant dans un affreux mélange.
Au milieu du combat, les ennemis tremblants
L'évitent comme un spectre!... Et quel homme en démence
Oserait le braver, quand sur son vêtement
Le trait glisse émoussé, que la plus forte lance
Se brise comme un jonc ?... — Un jeune homme, pourtant,
L'aborde hardiment : « Arrête, misérable,
« Arrête et défends-toi! Tu comptes vainement
» Sur ton art infernal pour être invulnérable,
» Ton œuvre est déjà morte et ton enchantement
» N'est plus rien que fumée. » Enivrés de colère,
Ils fondent l'un sur l'autre et leurs corps enlacés
Tour à tour vont rouler sur l'humide poussière.
Le sang de Monseigneur s'échappe à flots pressés;
De rougeâtres sillons tachent sa blanche robe,
Puis, tous deux, épuisés par un suprême effort,
Sentent que sous leurs pieds la terre se dérobe
Et tombent côte à côte en maudissant le sort.

La fille alors descend du manoir dans la plaine;
Son regard, à travers les cadavres sanglants,
Craignant de reconnaître, au hasard se promène,
Soudain elle se trouve auprès des deux mourants.

Au cri de désespoir qu'elle jette, son père
Ouvre un moment ses yeux que l'ombre du trépas
Va voiler pour toujours; avec peine, tout bas,
Il murmure ces mots : « — Ici, que viens-tu faire ?
» Indigne jeune fille, éloigne-toi, va-t-en!

» Tu n'as pas invoqué la puissance infernale ?
» Tu n'as pas consacré cette robe à Satan ?
» Ou bien ta main n'était déjà plus virginale ! »

— « Ah ! j'ai prié l'Enfer de tes jours protéger,
» Mais ma main n'était plus virginale, O mon père !
» Celui qui t'a frappé ne m'est pas étranger !
» Et, malheureuse, ainsi j'ai filé ton suaire !!! »

Le Voyageur

Je voyage à cheval par la campagne sombre
Sans étoiles, sans lune, est la nuit. Partout l'ombre !
A peine si je puis voir mon chemin tracé ;
Et seul gémit le vent glacé.

J'ai passé là souvent, alors qu'à la nature
Le soleil prodiguait sa clarté, sa chaleur ;
Et que la tiède brise, en caressant la fleur,
Faisait entendre un doux murmure.

Je voyage le long du jardin désolé ;
Comme un spectre au milieu du morne cimetière,
Se dresse l'arbre d'où l'oiseau s'est envolé ;
Et les feuilles jonchent la terre.

J'avais coutume ici de venir chaque jour,
Au printemps, lorsque tout exhale un chant d'amour,
Parmi la clématite et la rose embaumée,
Errer avec ma bien-aimée !

Le rayon de soleil a disparu ; l'oiseau
N'a plus de voix ; la branche est déjà défleurie ;
La femme que j'aimais gît dans le froid tombeau,
Et mon âme est aussi flétrie !

Je presse mon cheval dont fume le naseau ;
Le vent gémit plus fort, toujours rien ne m'éclaire ;
L'horizon reste mort, et frissonnant je serre
Sur moi les plis de mon manteau !

La Fille de l'Hôtesse.

Trois vaillants compagnons, au printemps de leur âge,
Gais malgré la fatigue, ardents malgré l'orage,
Côtoyaient la rive du Rhin;
Les échos répondaient à leurs chants d'allégresse.
Une auberge paraît; ils entrent: « — Mère hôtesse,
» Mère hôtesse, as-tu du bon vin?

» Fais servir au plus tôt du meilleur une amphore
» Car la cruelle soif nous brûle, nous dévore,
» Et l'Enfer est dans nos gosiers.
» De plus, si tu trouvais de quoi faire ripaille,
» Un pâté succulent, une grasse volaille,
» Dégarnis pour nous tes celliers,

» Mais surtout, ah! surtout, que ton enfant naïve,
» Dont le regard si doux en caressant captive,
» Viennent présider au festin!
» Qu'assise à nos côtés, elle chante et babille;
» Qu'elle verse à longs flots la liqueur qui pétille,
» Et serve de sa blanche main. »

L'hôtesse, à ce discours, répond par une plainte,
Sur son front tout ridé la tristesse est empreinte;
Elle reste sans mouvement.
Des sons indéfinis sortent de sa poitrine;
Puis, soudain, se levant, vers la chambre voisine,
Elle va d'un pas chancelant!

C'est que là, cette fille, à son amour ravie,
Vainement implora le Faucheur de la vie
Qu'on nomme avec effroi : la Mort.
C'est que là s'est éteint le flambeau d'une mère,
Qui réchauffait son âme et qui la rendait fière
Contre les coups pressés du sort.

Le premier compagnon, s'approchant de la bière,
Ecarte, en frémissant, le linge funéraire
Qui recouvre un corps virginal;

« Si tu vivais encore, ange au chaste visage,
» De tous ceux dont le cœur gardait ta douce image,
Je serais devenu rival ! »

Le second, de sa main que glace l'épouvante,
Laisse échapper le voile ; une larme brûlante,
Sur sa peau creuse un sillon noir :
« O toi, sur qui j'avais, hélas ! dans ma démence,
» Jadis osé fondé ma plus chère espérance,
» Ainsi devais-je te revoir ! »

Le dernier, à son tour, du cadavre rigide,
Repoussant le linceul, sur la lèvre livide
Dépose un baiser fraternel :
« En tous temps je t'aimai ; maintenant même encore,
» Tu restes mon amante et toujours je t'adore,
» Car mon amour est immortel ! »

La Ballade du Gallois

Dans le pays Gallois, sur un roc de granit,
Que baigne l'Océan, qui tristement gémit,
Se mirant dans les eaux, s'élève un sanctuaire
Où, depuis bien longtemps, de Dieu la sainte Mère,
De sa grâce dispense aux humains le trésor :
Où, pour le voyageur, brille une étoile d'or ;
Où le naufragé trouve un terme à sa souffrance !
— Au coucher du soleil, quand la cloche commence
Là haut à s'ébranler, bientôt tout le canton
En retentit ; partout, un joyeux carillon
S'éveille en même temps ; chacun, ému, s'arrête,
Et le cloître soudain prend comme un air de fête ;
L'ouragan disparaît ; la vague qui grondait
Tout à l'heure s'apaise, ô prodige, et se tait.
Rassuré, le pilote au gouvernail, s'écrie,
En pliant les genoux : « Salut, Vierge Marie !... »

Mais c'est surtout le jour, cher à la chrétienté,
Où, sur un trône d'or, par les anges porté,

l'Immaculée au ciel, montant prendre sa place,
Put contempler son fils, comme Dieu, face à face;
C'est surtout quand revient tous les ans ce grand jour,
Que dans son temple, alors, de son ardent amour,
Elle donne aux croyants encore un nouveau gage;
Et bien qu'elle ne soit sur l'autel qu'en image,
On y sent sa présence, à des signes certains.

Sur les vaisseaux du port, dès l'aube, les marins
Hissent les pavillons aux couleurs éclatantes;
Dans la campagne au loin les bannières flottantes
Se déploient, et le peuple escalade en chantant
Le sentier rocailleux menant à la chapelle :
La montagne paraît être une immense échelle,
Un pont géant qui joint la terre au firmament!

Les pèlerins gaiement s'avancent; mais derrière
D'autres viennent pieds nus et tout blancs de poussière;
Ils ont du condamné l'horrible vêtement
Et sont marqués au front d'un stigmate infamant.
Ceux-là ne peuvent pas pénétrer dans l'Eglise;
La pierre formant seuil leur est seule permise;
Et le dernier de tous, se traîne un malheureux :
Son regard est éteint, désolé; ses cheveux
Viennent fouetter sa joue, et jusqu'à sa poitrine
Sa barbe tombe inculte; un noir chagrin le mine;
Son corps est entouré d'un cercle en fer rouillé;
D'une sordide boue il semble tout souillé;
Ses membres sont couverts d'une chaîne pesante,
Qui, dans la peau creusant une trace sanglante,
Rend un dur cliquetis à chacun de ses pas.

Jadis, nouveau Caïn, il a levé le bras.
Dans un accès d'ivresse et d'aveugle colère,
Sur celui qu'il devait protéger, sur son frère;
Et dès lors, poursuivi d'implacables remords,
De son glaive il s'est fait un cercle autour du corps;
Il erre sans repos, bien loin de son village,
Et veut continuer ce lugubre voyage,
Tant que ses fers brisés ne viendront l'avertir
Qu'à son supplice Dieu daigne enfin compatir.
Quand bien même il aurait des chaussures creusées

Dans un morceau d'airain, il les aurait usées,
Depuis qu'il va, cherchant à son crime un pardon.
Vainement il a fait, aux châsses en renom,
Aux reliques des saints, sa visite fervente;
Nulle encore pour lui ne se montra clémente!

Il arrive, épuisé de fatigue et d'efforts,
Au sommet du rocher : à genoux, au dehors,
Baissant la tête, il fait sa prière en silence;
La foule, à ses côtés, avec indifférence,
Entre et sort tour à tour. Un sublime concert
Remplit la vaste nef. Par le portail ouvert,
L'on entrevoit là-bas, au fond, la sainte Image,
Que voile de l'encens un odorant nuage!
Le soleil, vers la mer, pas à pas s'inclinant,
De ses derniers rayons embrase l'Occident.
— Quel spectacle magique! Oui, la divine Mère
A bien voulu jeter un regard sur la terre!

Puis chaque pèlerin s'en va tout consolé!
— Lui ne s'éloigne pas! Il demeure isolé,
Etendu sur le seuil; sans vie est sa paupière :
Sur son corps toujours pèse un fardeau mérité.
— Mais son âme a conquis enfin sa liberté;
Et, prenant son vol, plane en un flot de lumière!

La Fille de l'Orfèvre

Un orfèvre célèbre était dans son logis;
Sous son habile main diamants et rubis
Venaient se combiner en superbe parure;
Bien souvent, toutefois, vers la chaste figure
De sa fillette, assise en un coin à l'écart,
Malgré lui se tournait son humide regard;
Sa bouche murmurait ces mots, distincts à peine :
— « C'est en vain que j'entasse et les pierres et l'or;

» Mon bijou le plus cher, mon plus riche trésor,
» C'est toujours elle, mon Hélène ! »

Survient un cavalier : — « Salut, gentille enfant !
» Salut, mon noble orfèvre ! A l'œuvre, sur le champ !
» Il faut me composer un royal diadème,
» Pour en ceindre le front de la beauté que j'aime ! »
— La couronne étant prête, un jour qu'à la maison,
Elle était toute seule, Hélène, sur son front,
En rougissant, osa la poser : — « Bienheureuse
» Celle qui doit porter dans les bals, radieuse,
» Cette couronne ! Hélas ! si ce jeune seigneur
» Daignait m'en envoyer une, rien que de roses,
» Ou bien de fleurs des prés, nouvellement écloses,
» Combien j'aurais de joie au cœur ! »

Plus tard, le cavalier revint : « Ce diadème
» Est parfait ; maintenant, pour la beauté que j'aime,
» Mon cher orfèvre, il faut déployer tes talents
» De nouveau, me monter une bague en brillants. »
— Quand fut prête à son tour la bague étincelante,
Un jour qu'elle était seule, Hélène, rougissante,
La tira de l'écrin, et la mit à son doigt :
— « O mille fois heureuse est la femme qui doit
» Porter ce riche anneau ! Mon Dieu ! qu'elle est heureuse !
» Hélas ! si seulement ce généreux seigneur
» Me donnait de cheveux une boucle soyeuse,
» Combien j'aurais de joie au cœur ! »

Pour la troisième fois revint le gentilhomme :
— « A merveille ! dit-il ; à bon droit, l'on renomme
» Ton art, mon cher orfèvre ; on ne peut faire mieux,
» A moins d'aller chercher des étoiles aux cieux !
» D'avance, j'en réponds, ma douce bien-aimée,
» Sera, tout comme moi, de ces bijoux charmée ;
» Mais j'ai la fantaisie, ici, dès à présent,
» D'en essayer l'effet. — Veux-tu, gentille enfant,
» Céder à mon désir ? me prêter ta jeunesse ?
» Te voyant, je croirai contempler ma maîtresse :
» Tu consens, n'est-ce pas ? Approche, sans effroi !
» Elle est aussi belle que toi ! »

Or, c'était justement le matin d'un dimanche;
La fillette avait mis sa robe la plus blanche,
Son ruban le plus frais, pour aller au Saint lieu
Avec son tendre père invoquer le bon Dieu!
— Sans se faire prier, aussitôt elle arrive
Devant le cavalier; d'une pudeur naïve
Sa joue est empourprée; elle baisse les yeux :
— Alors le cavalier place sur ses cheveux
Le diadème d'or, au doigt l'anneau lui passe;
Il s'écarte un instant pour admirer sa grâce,
Reste d'abord muet, puis, d'Hélène soudain,
En tremblant il saisit la main.

« Hélène, chère Hélène, assez de badinage!
» Accepte ces joyaux, et qu'ils soient l'heureux gage
» Du bonheur que j'aspire à trouver près de toi!
» Je t'aime, et pour toujours je te donne ma foi!
» C'était toi, mon amante, oui, toi, ma fiancée!
» Toi seule, dont l'image absorbait ma pensée!
» Comment déjà plus tôt ne l'as-tu deviné?
» Au milieu des bijoux s'écoula ton enfance.
» Là, ne sentais-tu pas le signe, l'espérance,
» Du sort qui t'était destiné? »

Madeleine (1)

Madeleine, dès l'aube, entra dans le jardin,
Portant une corbeille;
Je la vis voltiger sur le sable argentin
Comme une folle abeille;

Sans doute elle venait, aux calices des fleurs
Tremper sa lèvre rose,

(1) Cette pièce, lue à la Séance publique de la Société Académique de l'Aube, le 19 mai 1875, n'est pas tirée d'Uhland.

Boire, avant le soleil, les perles et les pleurs
Que la nuit y dépose;

Ou bien elle voulait, à ses discrètes sœurs,
Empruntant leur langage,
Dévoiler un secret, trésor des jeunes cœurs,
Les charger d'un message;

Non pas! — A Madeleine il fallait un bouquet
Pour ce soir, à la fête;
Il fallait marier églantine et muguet
Sur cette blonde tête!

Et la coquette allait, de son ciseau fatal,
Moissonner son parterre;
Comme si ses quinze ans ne lui donnaient du bal
La couronne éphémère!

Hélas! elle avançait déjà ses doigts légers
Vers la tige tremblante,
Où zéphyr caressait de ses chastes baisers
Une rose naissante;

Quand le frêle bouton lui dit en suppliant :
« Sois bonne, ô Madeleine!
» Comme toi, je ne suis encore qu'un enfant :
» Vois; je m'entr'ouvre à peine.

» Avant de me cueillir, laisse-moi donc un jour,
» Rien qu'une seule aurore;
» Je ne veux pas mourir sans connaître l'amour,
» Cet amour que j'ignore!

» Si je tombe aujourd'hui, sous ta cruelle main,
» Ah! sur elle, anathème!
» Un tendre papillon devait, avant demain,
» Me murmurer : « Je t'aime! »

» Mais, ma plainte te touche, et l'instrument de mort,
» Loin de moi se retire!
» Merci! qu'à jamais Dieu t'épargne le remord!
» Te garde le sourire! »

. . . .

Et Madeleine, au bal, rayonnait de bonheur,
D'un bonheur sans mélange !
Pourtant, sur ses cheveux ne brillait pas de fleur;
Elle avait l'air d'un ange !

Troyes, 15 janvier 1875.

Extrait des Mémoires de la Société Académique de l'Aube, tome XXXIX. — 1875.

IMPRIMERIE DUFOUR-BOUQUOT
DB
TROYES.

www.ingramcontent.com/pod-product-compliance
Ingram Content Group UK Ltd.
Pitfield, Milton Keynes, MK11 3LW, UK
UKHW020959230726
13924UKWH00009B/90

9 782019 221867